El espejo en el agua

El espejo en el agua

E. Gabriela Aguileta Estrada

Coordinación del Premio de Literatura
Infantil y Juvenil:
Patricia Laborde

Editores responsables:
Sandra Pérez Morales y Víctor Hernández Fontanillas

Diagramación y formación:
Susana Calvillo y Laura Plata

Ilustraciones:
Guillermo de Gante

El espejo en el agua

© Primera Edición, 2000
Ediciones Castillo, S.A. de C.V.
Priv. Fco. L. Rocha No. 7,
Col. San Jerónimo, C.P. 64630
Apartado postal 1759,
Monterrey, Nuevo León, México
e-mail: castillo@edicionescastillo.com
www.edicionescastillo.com

Miembro de la Cámara Nacional
de la Industria Editorial Mexicana,
Registro núm. 1029.
ISBN 970 20 0131-5

Impreso en México
Printed in Mexico

Prólogo

Ésta es la historia de Renato Medina, un niño como cualquier otro, que un día lejano de los años cuarenta salió de su casa a pasear en una trajinera de Xochimilco y desapareció durante una semana. Cuando regresó, todo el mundo creyó que se había vuelto loco porque decía cosas extrañas sobre unos canales acuáticos desconocidos, unos fantasmas y un tesoro. Claro que esta última palabra despertó el interés de muchos que quisieron aventurarse, como él, en los canales de Xochimilco, pero lo único que lograron fue pescar un buen resfriado.

¡Ja!

I

Un anciano triste

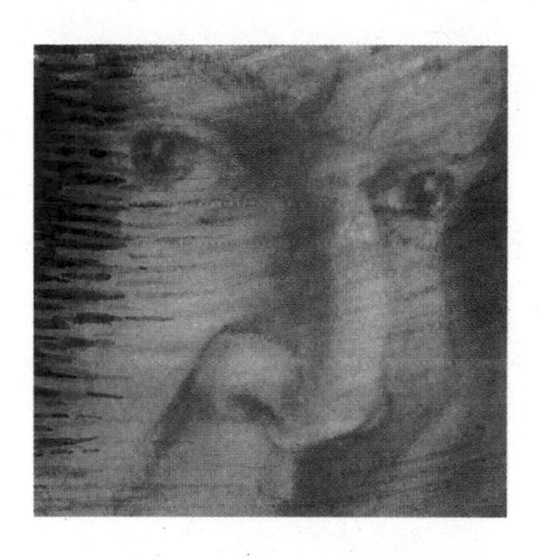

A Everardo García le empezaban a doler las manos cada vez que tenía que alzar el palo enorme con el que impulsaba su trajinera. Era un día lluvioso de agosto y aunque él ya estaba acostumbrado a salpicarse, esa vez, el agua helada le había amoratado las manos y los brazos. Estaba a punto de decirle al anciano necio, que llevaba horas paseando, que ya no podía más, que debían regresar porque ya se estaba haciendo de noche y pronto los mosquitos se iban a dar un festín con ellos. Pero el viejo no parecía inmutarse.

—Ya lo verás, no falta mucho, es pasando aquella casita verde, ¿la ves?, donde están todos esos perros —dijo el anciano al tiempo que señalaba una chinampa en la lejanía.

—Pues es como otra media hora, jefe, y ya llevamos tres, más el regreso —le dijo preocupado el muchacho.

—No te apures por el dinero, eso es lo de menos. Lo importante es que yo encuentre a Renato Medina, eso es lo único que deseo.

En cuanto el joven oyó ese nombre, dejó el palo en la trajinera, encendió un cigarro y se sentó en el borde de la barquita a descansar. Por la expresión de su cara podía decirse que ya no iban a continuar el viaje. El joven se quedó viendo al anciano con incredulidad.

—¿De verdad jefe, está usted buscando a Renato Medina?

—Sí, ¿lo conoces?, debe ser bastante famoso por estos rumbos, ¿no?

—Bueno, sí, es bastante famoso pero, verá usted, ese Renato Medina es una leyenda, nadie aquí se llama o se llamó así.

—¿Cómo que una leyenda? —preguntó asombrado el viejo—. ¡Te equivocas! Renato Medina existe —dijo—, yo lo conocí y fui su amigo. También conocí al *Chispas*, su compañero inseparable.

—Sí, también he oído hablar de él, pero como le digo, hasta donde yo sé, ese Renato

es sólo una historia popular, una leyenda, aquí no lo va a encontrar; además, ya estoy muy cansado, no puedo seguir remando ni un rato más, es hora de regresar.

—¡No, espera! Mira, en lo que platicamos nos hemos acercado bastante a la casita verde. Llévame hasta allá y después te prometo que regresamos —se apresuró a decir el viejito.

—Está bien, convénzase por usted mismo, verá lo que le digo —le contestó Everardo, quien le dio la última fumada a su cigarrillo y luego lo echó al canal.

Después de unos minutos llegaron a la isleta donde estaba la casa verde. El joven ayudó al anciano a bajarse de la trajinera.

—Ahora vengo amigo, espérame por favor —dijo el viejo y fue a tocar a la puerta de la casa verde. Antes de que llegara lo rodearon varios perros que le gruñeron enseñando sus dientes afilados.

Una señora salió de la casa a espantar a las fieras; después, el anciano platicó un rato con ella y finalmente se despidió quitándose el sombrero de palma, haciendo una reverencia, en señal de respeto.

El joven, que había observado todo esto desde la barquita, se rió de ese gesto y pensó para sí: "¿Qué hará un señor como ése, vestido tan elegante y con esos modales tan antiguos, buscando al tal Renato Medina? Debe estar algo zafado, a lo mejor se escapó de su casa o del asilo y se perdió".

El anciano regresó cabizbajo a la trajinera, apenas si podía hablar.

—¡Vámonos, muchacho! —le dijo y se soltó a llorar.

El pobre Everardo se sintió muy apenado por aquel hombre. No sabía qué decirle o hacer para aliviarlo, hasta que dijo:

—El momento más feliz de mi vida se lo debo a Renato, no puedo creer que ahora nadie sepa dónde está y ni siquiera se acuerden de él; ahora hasta parece que es un fantasma, ¡qué terrible, quién lo diría! —dijo el anciano y empezó a llorar más fuerte.

Everardo dejó su remo por un momento y se fue a sentar al lado del viejo.

—No se preocupe, señor, si quiere lo invito a mi casa, está aquí cerca, para que se tome un café y descanse un rato.

—No te preocupes, muchacho, estoy bien —dijo y sacó un pañuelo de su bolsillo con el que se limpió las lágrimas de la cara—. Lo que pasa es que no me explico que nadie sepa algo de él.

Al ver que el señor ya estaba más tranquilo, Everardo iba a volver a su trabajo, cuando el anciano añadió:

—Es más, se parecía mucho a ti, era un poco más joven, más bien un niño, pero sí, Renato era como tú cuando lo conocí.

El viejo le contó a Everardo la historia de su amigo Renato Medina, y a él no le quedó más que escuchar atentamente. Al fin y al cabo, era un largo camino de regreso.

II

Un niño flaco y su perro

—Cuando lo vi por primera vez, Renato me pareció un niño común, quizá un poco bajito para su edad, flaquísimo y con unos ojos muy grandes color avellana. Sus amigos decían que era muy chistoso porque podía hacer muchas cosas graciosas, por ejemplo, podía tocarse la nariz con la punta de la lengua, hacía bizcos o movía las orejas hacia arriba o hacia abajo. También sabía quitar las corcholatas de los refrescos con los dientes, o al menos eso parecía. Renato era capaz de contar cientos de chistes sin repetir ninguno, y cuando lo hacía, siempre actuaba como si fuera uno de los personajes; también cantaba de memoria muchas canciones de todo tipo: rancheras, tropicales, baladas, corridos de la revolución o boleros románticos, pero sobre todo, le encantaban las canciones norteñas, a lo mejor porque su papá era de Sinaloa, quién sabe.

El caso es que Renato era siempre el rey de la fiesta. No importaba a dónde fuera, sabía hacer amigos y la gente muy pronto se encariñaba con él. En cualquier lugar era bienvenido, sobre todo a la hora de los chistes, y ya te imaginarás por qué. El buen Renato se los sabía de todos los colores imaginables. *Je, je, je, je. Ja, ja, ja, ja.* Y la fiesta se pasaba volando. Tal era su éxito entre la gente de la colonia, que un día lo contrataron para que cantara algunas canciones y dijera chistes en una boda.

Lo cierto era que por más amigos que tuviera Renato, ¡y vaya que los tenía!, quien siempre estaba con él, día y noche, a cualquier hora, era *el Chispas*. No vayas a creer que *el Chispas* era algún chamaco de por ahí. No, *el Chispas* era un perro callejero, uno de los miles de perros libres que viven en las grandes ciudades; era un can totalmente blanco, excepto por dos manchas negras, una de ellas en el ojo derecho, que parecía un parche, y la otra muy cerca de la cola.

El Chispas era un perro muy listo y casi tan gracioso como su dueño. Era tan listo que sabía nadar en los canales y entendía a la perfección cualquier orden que le diera Renato.

Era difícil ver a Renato sin *el Chispas* o al *Chispas* sin Renato, incluso dormían juntos en un catre, porque en la casa del niño no había mucho espacio, apenas si cabían los cuatro hermanos menores y sus papás. Era una casita de dos recámaras y techo de lámina, como muchas en Xochimilco.

En realidad a Renato le encantaba vivir ahí entre las milpas, porque a unos pasitos quedaba el canal donde salía a jugar horas y horas cuando todavía era más niño y no tenía que ayudar a su papá con la trajinera. Conocía a la perfección casi todos los caminos de agua de Xochimilco, Churubusco y Chalco, porque en aquel entonces todavía había bastante agua en la Ciudad de México. Es más, Xochimilco era un pueblo lejano y para llegar ahí se hacía mucho tiempo desde el centro. Era toda una excursión.

Renato conocía también a casi todos sus habitantes, y cuando se cruzaba con ellos en los canales siempre lo saludaban.

—¡Hola, Renato!, ¿cómo va el día?

O bien:

—¿Ya terminaste de trabajar, muchacho?

—¡Que tengas mucha suerte hoy, Renato!

Y tanto el niño como el perro respondían a los saludos.

—¡Ahí vamos, ahí vamos, todo el día en el trajín, don Chon! *Chispas* ladraba y movía la cola: *¡guauuuuu, guauuuuuu!*

De vez en cuando se detenían para descansar, y *el Chispas* aprovechaba para zambullirse en el agua. Nadaba tramos largos y lo único que sobresalía era su cabeza. Parecía que se estaba ahogando y más de una vez algún turista acomedido lo sacó del agua y le dio algo de comer. Esto lo aprendió muy bien el Chispas; cuando no había nada para él en la casa, era hora de buscar su comida con los turistas. Y nunca le faltaba alguna piernita de pollo con un poco de carne pegada a los huesos, o una tortilla mojada.

Renato también aceptaba gustoso si lo invitaban a comer, y como era muy simpático, a todos caía muy bien, así que normalmente salía ganando un poco más de lo que esperaba.

—Renato y *el Chispas* eran felices en Xochimilco, allá por los años cuarenta, ¡ah, qué tiempos! —dijo el anciano con un suspiro.

III

Efulvio enamorado

—Sí, así como me ves ahora, en mi juventud yo era otra persona —dijo el anciano en la trajinera—. En aquellos tiempos era más alto que el techo de esta balsa; no tenía arrugas, pero sí mucho más pelo. A decir verdad, las muchachas me encontraban bien parecido y bueno, pues yo me enamoraba a cada rato. Tuve muchas novias y a todas las traía a pasear a Xochimilco, escogíamos una trajinera con su nombre hecho de flores perfumadas: *Rosita, Lupe, Conchita,* ¡ay, qué buena época fue ésa para mí!

A Everardo le pareció que iba a tener que escuchar una larga historia en el camino de regreso, así que se puso un suéter y siguió remando, decidido a escuchar atentamente. El atardecer había caído y pronto habría nubes de mosquitos volando alrededor de ellos.

Ni modo, así era Xochimilco.

Fue en uno de esos paseos de mi juventud cuando conocí a Renato Medina. Era un viernes por la mañana, había muchos turistas porque pronto sería el día de la primavera y todo mundo quería ver los preparativos del festival de las flores. Ese día iba yo solo y me encontraba un poco triste porque mi novia Conchita me había dejado para irse con un tenista bigotudo y por si fuera poco, me habían corrido del trabajo.

Cuando llegué a Xochimilco y vi el montón de gente esperando un turno para el paseo, estuve a punto de irme, pero de repente un niñito flacucho me silbó desde su pequeña trajinera, donde sólo cabían dos personas a lo más. "¡Señor, señor, aquí tengo un lugar sólo para usted! ¿A dónde lo llevo?"

Me hizo mucha gracia ver al niño flaco junto a su perro blanco que saltaba entre las barquitas muy inquieto. Se veía que el pobre no había tenido muchos clientes porque todos pedían trajineras grandes para poder comer a gusto y hasta bailar. Así que decidí llegar a donde estaba el niño, saltando de una trajinera a otra.

—¡Pásele, señor, cómo le va! Se ve un poco agüitado, ¿a poco no le habló hoy su novia? No se apure, aquí le conseguimos otra y muy bonita, ¡eh! —dijo echándose una gran carcajada.

—Órale pues, me parece bien —dije un poco cabizbajo porque sabía que el niño no decía las cosas en serio, pero por casualidad le había atinado a mi situación.

—¿Quiere que vayamos por todo este lado de Xochimilco o nos enfilamos hacia Churubusco o a la derecha para Chalco? —me preguntó el niño, que de inmediato se había puesto en movimiento.

Como sus brazos eran muy cortos, tenía que hacer un gran esfuerzo para sacar del agua el palo que le servía de remo y luego volverlo a meter hasta el fondo. Me daba un poco de miedo ver al chamaquito clavar el remo hasta abajo, porque por un segundo quedaba suspendido en el aire, aferrado con las dos manos al resbaloso palo.

—¿Qué haces, chamaco? —le dije sin poder aguantarme la risa. El niño también se empezó a reír muchísimo y cuando se carcajeaba su cara era todavía más chistosa, por lo que no podíamos dejar de reír los dos.

—Oiga, señor —dijo después de calmarse un poco—, ¿a usted le gustan las canciones de Lucha Reyes, el Trío Calaveras o Guty Cárdenas?

—¡Ay! —dije con un gran suspiro–. Sí, claro que me gustan, pero en este momento me pondría muy triste si escuchara alguna de las románticas. ¿Por qué lo dices? —le pregunté—. ¿A poco tú conoces esas canciones?

—¡Sí, señor!, me las he aprendido todas en mi casa, mi mamá enciende el radio en la noche y yo lo escucho desde mi cama antes de dormir.

—¿Y cuál es la canción que más te gusta?

—¡Uy, pues muchas, me encanta la de "Pa' que me sirve la vida" y la de "Los Tarzanes", *uy*, muchas más!

—¿Y te gustan las de José Alfredo Jiménez?

—¡Ah, claro, sobre todo las que canta en las películas!

—¡También te gustan las películas! —dije sorprendido.

—Pues sí, ¿a quién no? —me contestó rápidamente—. Por aquí, al lado del mercado, hay un cine que abre los domingos. Cuesta tres pesos la butaca o $1.50 parados. A veces convenzo a mi mamá de que vayamos, y cuando ella no quiere ir yo me cuelo sin que me vean para no pagar nada. ¡He visto muchísimas películas, como veinte, y las que más me gustan son las de vaqueros y las de peleas! Me gusta que salgan caballos. Una vez vi una película de vaqueros gringos. Los malos traían caballos negros y los buenos caballos blancos. Entonces, cuando alguien veía a lo lejos un caballo negro, se corría la voz entre los guardias para que cerraran las puertas del pueblo.

Así siguió contando Renato varias de las películas que había visto. Estaba tan emocionado cantando y actuando las películas, que hasta se le cayó el palo al agua y tuvo que echarse para sacarlo. Como yo no sabía que se le había caído el remo, me espanté mucho cuando vi que el niño estaba en el agua junto con el perro, que nadaba a su lado.

Estuve a punto de echarme un clavado yo mismo, cuando rápidos como un rayo se treparon a la trajinera y así, todos empapados, se abrazaron. El perro se sacudió fuertemente y me dejó todo salpicado.

—¡No, *Chispas,* no te sacudas aquí! —le dijo el niño a su perro—. Se me va a enojar el patrón.

—¿Oye, pero tú estás bien? —le pregunté a Renato.

—Sí, es que se me fue el palo por andarle platicando de los vaqueros y todo eso, pero sé nadar muy bien, no se apure. También *el*

Chispas sabe nadar y puede cruzar el canal de un lado al otro sin detenerse, hasta puede nadar debajo del agua y sacar pelotas o lo que avienten —me respondió.

Yo me sentí un poco apenado porque pensé que había sido mi culpa que se hubiera tenido que echar al canal, así que se me ocurrió una idea para recompensarlo.

—Sabes qué —le dije al niño—; si te gustan tanto las películas, uno de estos días vamos a ver una, ¿qué te parece?

—¡Me parece a todo dar, señor! Nomás que tiene que ser cuando no tenga trabajo, o sea, quién sabe cuando —dijo un poco triste.

—Mira, vamos a hacer esto, yo me doy una escapada el próximo domingo en la tardecita y tú le pides permiso a tus papás, ¿sale? Diles que soy un cliente y que te voy a pagar las horas que estés en el cine —le propuse.

—¡Sale!, ojalá nos encontremos, porque hay mucha gente los domingos.

—¡Oye, pero dime cómo te llamas para preguntar por ti si no estás! —le pregunté.

El niño hizo una reverencia y dijo: "Renato Medina, señor, para servirle a usted y a Dios". Después de esto, el perro ladró, quizá también él se estaba presentando.

—Mucho gusto Renato, yo soy Efulvio Pedrera, a tus órdenes —le dije con un apretón de mano.

IV

La película de vaqueros

—¿Y a poco sí volvió usted para llevar al niño al cine? —preguntó Everardo mientras tiritaba por el frío de la tarde que había caído sobre ellos.

—¡Pues claro, muchacho!, yo soy un hombre de palabra, siempre cumplo mis promesas; además, mi gran pasión en esta vida ha sido el cine —dijo Efulvio—. En ese momento tenía muy poca experiencia como director, pero ya había empezado a hacer mis pininos, ¿sabes?, por aquel entonces trabajé al lado de Joaquín Coss, al que por cierto le gustaba mucho Xochimilco.

—Bueno, bueno —lo interrumpió Everardo—, pero dígame pues qué pasó con Renato.

—¡Ah, ya verás!, cuando llegué ahí la siguiente semana a buscar a Renato, había como siempre mucha gente esperando una trajinera y por más que buscaba no veía al chamaco por ningún lado. Estuve más de una hora buscándolo en varios embarcaderos y nada. Todas las personas a las que les pregunté me decían: "¡Uy, a ese Renato ni quien lo encuentre, anda por todos lados!". Ya me había decidido a ir yo solo al cine, y cuando llegué al local vi que en la puerta estaba esperándome Renato con su perro.

—¡Eh, Renato, qué bueno que te encontré!, creí que iba a tener que entrar yo solo al cine.

—¡Ya habíamos quedado de venir, por eso me di mis vueltas para ver si usted se aparecía de repente! —dijo muy feliz Renato, que se había vestido y peinado para la ocasión. Hasta *el Chispas* se veía muy limpio y acicalado.

Renato me llevó a ver el cartel del cine en el que se podía observar a un hombre vestido con el típico sombrero tejano, botas y pantalón vaquero, que estaba montado en un caballo negro azabache con una mancha blanca en el ojo.

—¡Mire, don Efulvio —dijo señalando al caballo— igual que *el Chispas*, pero al revés! —y empezó a reírse sin poderse contener mientras acariciaba al perro que saltaba de gusto.

Al lado del vaquero había una jovencita morena que también llevaba pantalón vaquero, sombrero, botas, y el cabello trenzado. Ella estaba montada sobre una yegua café, y tanto la chica como el vaquero estaban abrazados e inclinados como para darse un beso.

—¡A ver si te dejan entrar Renato, a lo mejor es sólo para mayores! —le dije al niño con preocupación.

—No, yo creo que sí me dejan entrar, porque el padre Juan dice que aquí sólo pasan películas decentes, ¡para toda la familia! —me dijo guiñándome un ojo con una sonrisa traviesa.

—¡Ah, qué Renato este, tan pícaro! —le contesté.

Renato y yo dejamos al *Chispas* esperándonos afuera del cine y entramos al saloncito oscuro que adaptaban para la función. La película se llamaba *Los valientes* y era una típica cinta de vaqueros en la que había un grupo de gente buena y trabajadora que luchaba a muerte contra los bandidos que querían quitarles sus pertenencias o robarse a sus mujeres. En esa película, el héroe era un tipo galán y temerario, muy diestro con la pistola. El susodicho vaquero estaba enamorado de la hija del alguacil, quien era una linda chica, un poco tosca, porque al fin y al cabo era una vaquerita, ¿verdad? Pero bueno, el caso es que uno de los malos raptaba a la bella Rosalinda, que así se llamaba la muchacha, y entonces, el buenazo del vaquero héroe la rescataba y se casaba con ella. Y tan, tan, un final muy feliz. Cuando salimos del cine, Renato estaba muy confundido.

—¡Oiga, don Eful!, ¿cómo está eso de que el vaquero con caballo negro era el bueno? —me preguntó con una gran inquietud.

—Mira, Renato, lo que pasa es que en todas las películas que tú habías visto antes, los que montaban caballos negros eran malos, pero eso no quiere decir que sólo por tener un caballo negro alguien es malo, ¿o tú qué crees? —le pregunté a Renato.

—¡No, pues sí tiene razón, don Eful! —me dijo con mucha confianza—. Por ejemplo, mi tío Bernal tiene un caballo negro y es muy bueno, pero *mmm*... —se quedó pensativo y se rascó la cabeza.

—¡O sea que el color del caballo no es tan importante! —se apresuró a concluir.

—Pues sí, mi querido Renato, así parece ser —le comenté—. Y ahora vente te invito a comer una buena pancita en ese puesto, ¿sale?

—¿Y le puedo convidar al *Chispas*? —preguntó.

¡Claro, *el Chispas* también viene con nosotros! —le respondí.

Y así nos pasamos ese día muy contentos, Renato me contaba la película una y otra vez, como si yo no la hubiera visto. Luego siguió mucho tiempo meditando sobre aquello de los colores de los caballos y hasta se inventó una explicación de por qué casi siempre los que montaban caballos negros eran los malos, aunque a veces no.

Después de ese día yo lo llamaba Renato y él a mí don Eful, en cortito. Y por más que traté de convencerlo para que no me dijera don, a él así le parecía correcto.

V

¡Click!

—¡Ese Renato era un chamaco muy chistoso, si lo hubieras conocido, a ti también te hubiera caído bien! —le dijo el anciano a Everardo.

—¡Oiga, don Eful! —dijo Everardo—. Bueno, ¿le puedo llamar así? —preguntó.

—¡Claro, después de Renato todo el mundo me empezó a decir don Eful, les parecía muy gracioso y finalmente llegó a gustarme tanto, que me extrañaba que me dijeran Efulvio a secas!

—Lo que quería preguntar es por qué se volvió tan famoso Renato, ¿a poco por ser tan simpaticón? —preguntó Everardo.

—Bueno, hijo, ésa es una historia larga, si quieres te la cuento toda, nomás que ahora sí te tomo la palabra, ¿por qué no me invitas ese café que me habías ofrecido antes y así también tú descansas un poquito? —sugirió Efulvio.

Everardo estaba tan interesado en la historia de Renato Medina, que invitó a don Eful a su casa para que le terminara de contar sus aventuras con Renato. Ya instalados en la cocina de la casa de Everardo, se dispusieron a beber una reconfortante taza de café de olla. El anciano comenzó su relato:

Todo empezó el día en que a Renato le prestaron una cámara para que tomara fotografías a sus clientes en la trajinera. Hoy todavía pueden verse algunas cámaras como la de Renato en Xochimilco, aunque ahora sólo sean cajas grandes pintadas de negro que guardan una máquina común en su interior, ¡tú sabes!, es sólo para enganchar al cliente y que crea que lo van a retratar con un aparato grande! ¡Ah!, pero en aquellos días todas las cámaras eran de las buenas y la que le tocó a Renato no era la excepción.

Como yo ya me había encariñado con el chamaco, empecé a ir muy seguido a Xochimilco para descansar, pensar en mis películas y reírme con los chistes de Renato. Entonces, uno de esos días, lo vi en su pequeña

trajinera junto con *el Chispas*, con aquel aparato montado en el tripié y me quedé muy sorprendido.

—¡Oye, Renato, no me digas que ahora vas a ser fotógrafo! —le dije con tono de duda.
—Sí, señor, ¿quiere que le haga una foto, don Eful? Ándele, para que me dé el visto bueno, ándele, anímese —me dijo feliz.

Y pues claro que me dejé, porque estaba muy intrigado. Ni tardo ni perezoso metió su cabeza debajo de la tela negra que cubría la cámara, apuntó y disparó.
¡Click!, o más bien, *¡crac!*, como sonaban en aquellos tiempos.
Cuando Renato me enseñó la foto, un momento después, casi me caigo al agua de la risa.
—Oye, Renato —le dije—, ¡me mochaste la cabeza!, parece que hubieras querido retratar al Chispas.
De hecho, el perro parecía haber entendido, porque daba tantos saltos dentro de la pequeña embarcación, que terminó por caerse al agua.
¡Splash!
—El perro salió muy bien, pero yo, ¡mira nomás! —le dije.
—Bueno, no está tan mal para ser la primera —me dijo.

Entonces yo le sugerí que tomara muchas placas al Chispas para que practicara un poco.

—Además, Renato, a ti que te gustan tanto, ¿sabes cómo hacen las películas?

—No, ¿cómo las hacen? —me preguntó a su vez, con los ojos saltones de tan intrigado.

—Pues digamos que el cine son fotos en movimiento. Imagínate que tomas varias imágenes del *Chispas* cuando él está corriendo; así, en la primera toma va a salir el *Chispas* levantando las patas delanteras, en la segunda verás que impulsa las patas traseras y luego en la tercera otra vez adelanta las patas de enfrente y así sucesivamente. Ahora bien, si revelas las placas y pasas las fotos delante de tus ojos, una detrás de la otra, en el mismo orden en el que las tomaste, rápidamente, verías al *Chispas* como si estuviera realmente corriendo. ¿Me entiendes? —le pregunté a Renato, que había seguido atentamente la explicación.

—Sí, pero entonces tendría que sacarle muchos retratos, ¿no?

—¡En efecto, Renato, has entendido muy bien! Mientras más fotos tomes del Chispas corriendo, mejor será el efecto del movimiento en la película, porque habrá menos espacio entre una imagen y la otra.

—¿Entonces, con esta cámara puedo hacer una película de vaqueros? —me dijo al instante.

—No precisamente, digamos que sería un buen comienzo, aunque tengo una duda —le dije seriamente—, ¿de dónde piensas sacar a los vaqueros?

Renato se quedó pensativo un momento y luego dijo:

—Puedo conseguir unos disfraces para mis amigos.

—Claro que podrías, pero la verdad es que para hacer cine se necesitan muchas cosas más y una cámara especial, pero no te desilusiones, que por algo se empieza. Si eres un buen fotógrafo también podrías ser un buen director de cine, ¿cómo crees que empecé a hacer películas?

—Entonces, si practico muy bien, ¿podría enseñarme a hacer películas? —preguntó ilusionado.

—¡Por supuesto, hijo!

Y como podrás imaginar, desde ese día, Renato no paró de tomar fotos y más fotos. Sobre todo de sus clientes, aunque también de su familia, de sus amigos y, ¡obviamente del *Chispas*!

VI

Comienza la aventura

—Te preguntarás cómo pudo una cámara fotográfica hacer famoso a Renato Medina, ¿no es cierto? —le preguntó Efulvio a Everardo.

Pues verás, como te había dicho antes, Renato se tomó muy en serio eso de que si podía tomar buenas fotos, yo le enseñaría a hacer películas. Estaba como loco, horas y horas retratando a sus clientes, y con el poquito dinero extra que ganaba, se compraba placas para hacer sus propias imágenes y, aunque no lo creas, ese niño tenía muy buen ojo para la fotografía. Al principio se distraía y de pronto aparecían los dedos de Renato en las imágenes, o no se podía ver nada porque todo estaba borroso; otras veces no calculaba bien las velocidades y todo aparecía movido, como cuando das vueltas muy rápido y no alcanzas a distinguir bien lo que ves.

Aquel muchacho empezó de repente a hacer muy buenas tomas, tanto que, cuando su padre se percató de que ganaba más como fotógrafo que de remero, pensó en poner un negocio de fotos, pero por una u otra razón finalmente no lo hizo. En fin, el rumor se propagó: Renato Medina era el mejor fotógrafo de Xochimilco y eso despertó por un lado mucha curiosidad, pero también envidia entre la gente, porque los clientes comenzaron a solicitar a Renato cada vez más.

—¡Ah, entonces Renato se volvió famoso por sus fotos! —dijo Everardo apresuradamente.

—No, no exactamente —le respondió el viejo—. La verdadera aventura comenzó cuando, un día, Renato decidió tomar impresiones de una parte de Xochimilco que quedaba lejos de su casa. Acuérdate que antes los canales llegaban mucho más lejos que ahora.

Así que cuando Renato y *el Chispas* partieron ese día, eran apenas como las cuatro de la tarde, pero estaba nublado y soplaba un viento frío que producía un extraño silbido en los oídos del Chispas, quien ladraba como nunca antes lo había escuchado Renato.

Al principio, el niño remó por canales conocidos, pasó por las casas y chinampas de sus tíos, vecinos y amigos. Todos recordaban haber visto pasar a Renato y al *Chispas* y haberlos saludado. Los otros niños de por ahí habían querido acompañarlos, pero no sé por qué motivo no habían podido ir. Además, Renato no iba precisamente a pasear, tenía una idea fija en la mente. Aquel niño se había propuesto hacer una película de vaqueros. Y alguien tan decidido como él podía trabajar diario sin cansarse o aburrirse.

Cuando se despidió de esas personas, Renato no se imaginaba que iba a pasar mucho tiempo antes de que las volviera a ver.

Lo que pasó entonces es que el niño estuvo remando un largo rato por canales que le eran familiares, pero de pronto dejó de reconocer dónde se encontraba, nunca antes había visto esas casas, ni tampoco a esos perros o esas chinampas. Se detuvo un momento a tomar unas fotos, poquitas, porque sólo llevaba unas cuantas placas. Él creía que no se había tardado nada, que había estado ahí sólo unos minutos y que cuando quisiera regresar rápidamente, encontraría el camino a casa, pero no fue así.

El cielo se había oscurecido y ya no podía distinguir los canales a la distancia; además, extrañamente no había nadie a quién preguntarle cómo salir de ahí. El Chispas empezó a aullar y el viento parecía contestarle cada vez que lo hacía.

—Sí, a veces es fácil perderse entre los canales, sobre todo si uno no tiene mucha experiencia —dijo Everardo—. Entonces, ¿qué pasó después?, ¿pudo encontrar el camino? —preguntó intrigado.

Espera, no tan rápido. Ésta es la parte más emocionante de la historia. Por ahora, has de saber que en ese momento el pobre niño temblaba no sólo de frío, sino también de miedo. Abrazaba al Chispas para calentarse e infundirse valor, pero el perro estaba tan espantado como él. Para colmo de males, junto con la noche, una niebla espesa había caído sobre Xochimilco y entonces Renato tuvo que avanzar más despacio por aquel lugar.

Cuando creyó haber visto un lugar conocido, sintió latir su corazón, pero al acercarse notó con desánimo que se trataba de una bifurcación de dos canales que nunca antes había visto.

—Derecha o izquierda, *Chispas*, ¿cuál camino crees tú que nos lleve a casa? —le dijo Renato al perro. Éste lo miró como si estuviese desconcertado como él y gimió un poco.

—Sí, Chispas, estamos tan perdidos como los hijos de la Llorona. ¡Mira, aquí tengo una monedita! Vamos a echarlo a la suerte, ¿te parece? Si sale águila, vamos por la derecha, si sale sol, vamos por la izquierda —dijo Renato.

El Chispas ladró como si estuviera de acuerdo, entonces Renato lanzó la moneda al aire, la agarró entre las manos y se animó a ver su suerte.

—¡Águila, vamos por la derecha! —dijo el niño resignado a cualquier cosa.

Así se encaminaron hacia la derecha por un canal que ni remotamente se parecía a algo conocido. Remaron varios metros, y como no había señales de vida, Renato decidió regresar y tomar el otro camino. ¡Cuál no sería su sorpresa cuando en vez de dos caminos vio tres!

La verdad es que Renato ya no confiaba en sus sentidos, estaba a punto de sentarse a llorar en su barquita, cuando recordó que en el bolsillo tenía unos cerillos. Con ellos podría iluminar su camino si construía una antorcha con las ramas cercanas. Así lo hizo, aunque realmente no fue de gran ayuda.

Siguió atravesando canales que parecían bifurcarse una y otra vez sin fin.

Fue en ese momento que Renato sintió que perdía toda su esperanza de regresar a casa esa noche. Decidió dormir en su trajinera junto al *Chispas* y esperar la luz del día para saber dónde se encontraba. Pero no durmió por mucho tiempo porque en medio de la noche, la neblina y el frío, oyó de repente que afuera, al borde del canal, había mucha gente gritando y aullando como loca.

VII

¿Quién anda ahí?

El pobre Renato ahora sí estaba helado de miedo, ni siquiera quería asomar la cabeza afuera de la trajinera para ver quién gritaba. Oía muchas voces distintas vociferar y aullar como si algo terrible estuviera pasando, pero no alcanzaba a entender lo que decían. También daba la impresión de que la gente estaba ocupada en cargar o descargar cosas, o arrastraba objetos pesados, no podía saberlo con seguridad.

Llegó un momento en que Renato sintió que varias trajineras pasaban rápidamente al lado de la suya. ¿Qué podía estar ocurriendo para que la gente saliera huyendo despavorida? Cualquiera que fuera la razón, Renato no estaba dispuesto a investigar, mejor para él si nadie lo veía. Así que hizo todo lo posible por no moverse y acarició al *Chispas* para que no fuera a ladrar o gruñir, aunque realmente no hubiera tenido que hacerlo porque el perro se había quedado profundamente dormido; quién sabe con qué estaría soñando. De pronto, todo el ajetreo y el ruido cesaron, como si nada hubiera pasado.

—¡Qué raro! —pensó Renato, pero siguió sin moverse y se quedó tan quieto que se durmió.

Cuando volvió a abrir los ojos ya era de día. La niebla seguía ahí, todo parecía estar igual, a excepción de un pequeño detalle. ¡Qué horror, *el Chispas* había desaparecido!

Renato lo llamó muchas veces, pero ni siquiera se oían sus ladridos. Ahora sí se habían puesto muy difíciles las cosas, porque de ninguna manera regresaría aquel muchacho sin su perro; de eso estaba tan seguro como de que seguía absoluta y totalmente perdido.

Con todo el valor que pudo reunir, Renato tomó su cámara y se dirigió al borde del canal, amarró fuertemente su trajinera a un árbol y comenzó a caminar entre las milpas. A lo lejos vio una serie de casas juntas que formaban una especie de pueblito muy pequeño. Esas casas no se parecían mucho a las que conocía y por lo demás no había ningún alma a quien saludar.

Poco a poco, la niebla empezó a desaparecer y Renato pudo ver mejor aquel pueblo. Definitivamente, jamás había estado ahí.

Caminó varios metros por una calle desierta; tenía un poco de miedo de encontrarse a alguien porque todo aquello era bastante tétrico. Después de un rato se dio cuenta de que el lugar estaba abandonado, no había gente y sin embargo, todas sus cosas estaban ahí. Había comida en las casas, ropa, juguetes, herramientas; también había unos cuantos animales, gallinas y perros sobre todo.

Renato pensó que quizá *el Chispas* había ido a reunirse con esos perros, pero por más que buscó no lo encontró por ningún lado.

Como tenía hambre, Renato decidió comer algo antes de seguir buscando al *Chispas*. Entró a una de las casas y estaba a punto de agarrar unas tortillas cuando alguien dijo:

—¿Qué buscas aquí?

Renato pegó un grito de terror tan fuerte que hizo ladrar a todos los perros afuera.

—¡No te asustes, no te quiero espantar!

Era una pequeña niña de unos nueve o diez años que estaba parada en el quicio de la puerta de la casa. Tenía ojos muy grandes y era más flaca que Renato; por supuesto, eso quiere decir que era bastante flaca, y llevaba un vestido muy diferente de los que él estaba acostumbrado a ver en Xochimilco.

—¿Cómo te llamas? —le preguntó la niña.

—Renato Medina, ¿y tú?

—Amanda —le contestó ella.

—¿Tú vives aquí?

—No, ésta es la casa de mis tíos, yo vivo en la otra calle, ¿quieres venir?

Como no tenía idea de qué iba a hacer en ese momento, Renato acompañó a Amanda a su casa. En el camino le contó cómo había llegado hasta ahí y cómo había desaparecido *el Chispas*.

—¿Entonces te perdiste por tomar fotos? Creo que yo nunca he visto una, ¿podrías enseñarme alguna? —le dijo Amanda a Renato.

—¿En serio no has visto ninguna placa? —le preguntó Renato y sacó de su bolsillo unas fotos que siempre llevaba consigo, una era un retrato de sus padres y la otra era del *Chispas*.

—¿Éstos son tus papás? —preguntó asombrada Amanda—. Es el mejor dibujo que he visto.

—Es que no es un dibujo, así son en realidad, es como pasar sus caras al papel directamente —respondió Renato con gran autoridad—. Ya te platicaré cómo lo hago.

Amanda estaba como hipnotizada con la plática y las fotos de Renato, y cuando éste le preguntó acerca de los gritos extraños y el ajetreo que había escuchado la noche anterior, ella le dijo:

—¡Ah!, ¿los escuchaste?, sí, yo también estaba espantada. Anoche se fue toda la gente del pueblo, sólo nos quedamos mi abuela y yo con algunos animales. Nos dijeron que iban a regresar por nosotras, pero no sabemos cuándo. La verdad es que a mí me gusta mucho este pueblo y por eso no me quise ir, además, alguien tenía que cuidar a la abuela, porque ella no puede ir a ningún lado. Está muy viejita, ¿sabes? —le explicó Amanda.

—¿Y por qué se fue toda la gente? Parecía que estaban huyendo —dijo Renato.

—Bueno, la verdad es que todos tenían mucho miedo de los fantasmas y por eso se fueron, ya no aguantaban más. Mi abuelita dice que es la gente del tesoro que viene a espantarnos para que no le quitemos sus cosas —repuso Amanda—. Antes, nadie venía al pueblo, pero de repente empezaron a llegar muchos hombres que se pasaban el día entero buscando cosas en los canales. Desde entonces ha habido apariciones. Mi tía Chonita vio a una señora muy elegante en su cocina y cuando se acercó a ella desapareció en un instante.

La niña continuó:

—También había apariciones en la escuela, la plaza principal y en todas las casas se vio o escuchó algo raro por lo menos una vez. Yo nunca vi ni oí nada, por eso no tengo miedo; tampoco mi abuelita está espantada, porque según ella, lo único que querían los fantasmas era que se fueran esos señores —concluyó Amanda.

—¡Y claro que lo lograron! —dijo Renato—. ¡Hasta se fue el pueblo entero! ¿Y tú de veras no tienes miedo? Si a mí se me apareciera alguno, me muero del susto. Por si acaso, cuando encuentre a mi perro, nosotros nos vamos.

Habían llegado a la casa de Amanda y entraron.

—Ven para que te presente a mi abuelita —le dijo Amanda a Renato.

Cuando Renato vio a esa mujer supo que era la persona más vieja que jamás hubiera

conocido, y es que en Xochimilco se conserva muy bien la gente y hay muchos viejitos.

La abuela de Amanda era una mujer igual de flaca que ella y con el pelo muy blanco, amarrado en dos largas trenzas que le llegaban hasta la cintura. Tenía muchas arrugas y sus ojos eran muy pequeños, apenas si veía. Su boca ya no tenía ni un sólo diente, pero sonreía sin ningún problema.

—¡Amanda!, ¿quién anda ahí? —preguntó la anciana.

—Es un niño que vive en otro pueblo y vino a buscar a su perro que se perdió —le explicó Amanda a su abuela.

—Lo que pasa es que mi perro no conoce estos lugares porque nunca habíamos venido por aquí antes. ¿Usted no sabría dónde puedo buscarlo? —preguntó Renato.

—Aquí hay muchos perros y a todos les gusta dormir en la plaza, ¿por qué no buscas ahí primero? Si no, quizá esté detrás de las milpas, pero quién sabe, por allá no hay mucho para comer —explicó la abuela.

Mientras la abuela y Renato platicaban, Amanda preparó unos frijolitos con epazote y tortillas para comer. Amanda le dio a su abuela una sopa de frijoles molidos y ellos comieron tacos. Estaban tan a gusto en la casa de Amanda, que de pronto Renato se dio cuenta de que ya era muy tarde.

—Ya debo irme para buscar a mi perro, muchas gracias por la comida —dijo Renato muy cortés.

—¿Te puedo acompañar? —preguntó Amanda.

—¡Claro! Pero, ¿y tu abuelita? —dijo Renato.

—¡Vayan, vayan, yo estoy muy bien aquí, nada más asegúrense de cerrar muy bien la puerta, no vaya a venir alguien a espantar! —les dijo la abuela con una sonrisa.

VIII

Nuevos amigos

La noche anterior no había sido fácil para *el Chispas*. ¿Qué podía hacer un pobre perro espantado en una situación tan terrible como aquella, él y Renato solos en una trajinera, a merced de la noche y ese escándalo inexplicable? Renato, su dueño, era claramente presa del pánico, así que cualquier cosa que él, el Chispas, hiciera para ayudarlo, le daría seguridad y confianza al niño.

Para colmo, él ni siquiera había tenido nada qué comer desde el día anterior. Se estaba realmente muriendo de hambre y bueno, un perro callejero está acostumbrado a pasar hambre, pero no *el Chispas*. Porque además de ser un perro listo, con mucho ingenio, a él casi siempre le sonreía la fortuna, y cuando menos lo esperaba, algo le caía del cielo.

A pesar del hambre, el frío y la noche, lo importante en ese momento era que *el Chispas* estaba tan asustado como Renato y no sabía qué hacer para proteger a Renato de los posibles agresores que armaban tanto escándalo. Hasta que por fin se decidió a actuar. Lo primero sería aproximarse al lugar de donde provenía el ruido. Así podría saber de qué se trataba. Luego, si eso era muy peligroso, tendría que hacer algo para llamar la atención y entonces Renato estaría a salvo.

Sí, ése era un buen plan.

Para empezar tenía que salir de la trajinera, sin que Renato se diera cuenta, para que no lo fuera a detener. Lo más sigilosamente que pudo, se arrastró hacia delante para zafarse del abrazo de Renato, quien al sentir el movimiento agarró al *Chispas* con más fuerza.

El pobre *Chispas* se sintió atrapado. Tendría que esperar un rato y volver a intentarlo después, sólo que ahora con mucho más cuidado.

Y así ocurrió que una vez que Renato estuvo más relajado, *el Chispas* logró safarse. Esta ocasión no tuvo que esforzarse mucho, porque a la primera, Renato se dio una vuelta y balbuceó algo. Seguro estaba soñando.

Cuando estuvo libre, *el Chispas* no dudó un instante y saltó hacia el canal. El agua estaba helada, apenas si sentía sus patas moviéndose rápidamente, ni qué decir de su cola, que por un momento temió haber perdido.

Ésa era una parte del canal muy ancha, así que todavía le faltaban muchos metros por nadar. Lo peor del asunto, *el Chispas* no podía ver muy bien hacia dónde se dirigía, porque la noche era oscura y había neblina.

En eso estaba cuando una luz lo iluminó. Por un momento quedó ciego, estaba paralizado por el terror y el frío; si no seguía nadando, podría morir ahogado.

—¡Mira, papá, un perrito! —gritó una niña.

—¿Dónde? —dijo el papá.

—¡Ahí, ahí, mira! —señaló la niña.

El Chispas había oído perfectamente todo ese diálogo sin entender nada. No sabía qué esperar de esa gente, cuando de pronto sintió que lo sacaban del agua y lo envolvían en una manta.

Al principio pensó en luchar y escaparse pero estaba tan entumecido que no pudo mover ni una pata; además, sintió un gran alivio al calor de las cobijas. Sentía tanto cansancio que ni un solo ladrido salió de su garganta.

Alguien le dio un poco de comida y aunque no sabía muy bien qué era, le supo deliciosa. A pesar de todo lo que se había imaginado, parecía que no tenía nada que temer entre esa gente.

—¡Descansa, perrito! ¡Pobrecito, se estaba ahogando!

—¡Duérmete, perrito, te vamos a cuidar muy bien!

—*Shh, shh, shh, shh…*

Como si hubiera entendido, *el Chispas* se quedó profundamente dormido.

IX

Los fantasmas

Mientras tanto, Renato y Amanda decidieron ir primero a la plaza para buscar al *Chispas* y ver si la abuela tenía razón. Quizá, después de todo, al *Chispas* le había gustado mucho ese lugar y había conocido a algunos amigos. Quién podía saberlo.

—Oye, Amanda —dijo Renato—, entonces es cierto que por aquí hay un tesoro y por eso asustan los fantasmas, ¿no? —preguntó el niño.

—Sí, mi abuelita dice que hace mucho tiempo, antes de la Conquista, este lugar era una ciudad muy grande y la gente que vivía aquí tenía muchas joyas y adornos muy valiosos. Según esto, cuando abandonaron la ciudad dejaron todo enterrado y muchos piensan que el tesoro está escondido en algún canal —explicó Amanda.

—¿Y los señores que vinieron encontraron algo? —inquirió Renato.

—No, nadie ha encontrado nada. Muchos dicen que todo es un cuento pero yo sí creo que hay algo, si no, para qué vendrían los espíritus, ¿no crees? —dijo Amanda.

—Sí, me imagino que tal vez hay un tesoro escondido, pero a lo mejor está muy profundo, en el fondo del canal —dijo Renato.

—Por un lado, espero que nunca lo encuentren, no me gustaría que se lo llevaran de aquí —confesó Amanda.

—Tienes razón, si alguien lo encontrara se lo llevarían de aquí para vendérselo a quién sabe quien y eso no sería justo —agregó Renato.

Precisamente, cuando Renato estaba diciendo eso llegaron a la plaza del pueblo, pero no vieron a ningún perro por ahí.

—¿Dónde podrá estar? —pensó Renato en voz alta.

—¿Por qué no vamos por allá? —dijo Amanda señalando las parcelas—. Mi abuela dijo que detrás de las milpas a veces se escondían los perros.

De pronto, los niños vieron pasar una sombra blanca corriendo hacia la capilla del pueblo.

—¡Mira, Renato, a lo mejor ése era *el Chispas*! —señaló Amanda.

—¡Sí, vamos a ver! —gritó Renato.

—¡*Chispas, Chispas*! —gritaron al unísono, pero no oyeron ningún ladrido de respuesta.

Llegaron a la capilla y abrieron las puertas de par en par, no había nadie ahí. Renato y Amanda se persignaron y decidieron salir por la puerta trasera, justo detrás del altar.

Cuando ya estaban afuera, vieron algo que no podían creer. El cielo se había oscurecido de repente y tenía un raro color violeta. Había una enorme nube encima de los niños, pero lo más increíble era que esa nube tenía la forma de una gran pirámide.

¡Puedes creerlo, justo sobre sus cabezas, una pirámide perfecta! Y no sólo eso, sino que comenzaron a ver figuras blancas y delgadas, parecidas a nubes que volaban de un lado a otro.

—¡Los fantasmas! —gritaron los niños espantadísimos.

Renato y Amanda se abrazaron y temblaban tanto que parecía como si fueran a desvanecerse en el suelo, pero en ese momento todo volvió a la normalidad, la nube se fue y apareció el Sol otra vez. Sólo una figura espectral quedó volando sobre ellos, pero no les hizo nada, ni siquiera aulló o hizo muecas, es más, no se les acercó, como si les tuviera miedo a los dos. Después de un rato, también esa figura desapareció en el aire.

—¿Ya se fueron? —preguntó tímidamente Renato.

—Parece que sí —dijo Amanda— no se veían muy malos, ¿no crees?

—Bueno, sí, pero la verdad no me gustaría encontrármelos de nuevo —respondió rápidamente Renato.

—¡O sea que sí es cierto todo esto! ¿Te das cuenta? Sí hay un tesoro en alguna parte de este pueblo, ¡qué emocionante! —exclamó Amanda entusiasmada.

—¿Y qué piensas hacer al respecto? —preguntó Renato.

—Si yo encontrara el tesoro, me encantaría guardarlo en algún lugar para que toda la gente del pueblo pudiera verlo y ningún ladrón se lo llevara —le contestó Amanda.

—O sea que harías un museo —sugirió Renato.

—Sí, ¿no estaría bien eso? Imagínate, los fantasmas no vendrían más porque su

tesoro estaría a salvo y se podrían ir a descansar al cielo.

—Eso sí, tienes toda la razón, el problema es que ni siquiera podemos encontrar a mi perro, mucho menos el tesoro —expresó Renato triste.

—Pues empecemos a buscar, tarde o temprano aparecerán —dijo Amanda enérgicamente.

—Ya es un poco tarde, ¿no? ¿Por qué no empezamos mañana? —propuso Renato.

—*Mmm...* ¡Qué se me hace que tienes miedo! —le dijo Amanda sonriente.

Cuando nadie lo observaba, roía con los dientes el mecate con el que lo habían atado al árbol y de pronto, sin que él mismo se diera cuenta, el mecate había cedido y pudo liberarse.

Por suerte, no había nadie cerca, ése era el momento esperado. *El Chispas* corrió tan rápido como pudo, corrió con todas sus fuerzas. No le importó la dirección, sólo se alejó lo más que pudo del lugar donde había estado. Pasó por muchos sembradíos y cuando se sintió seguro fue a la orilla del canal y bebió agua hasta saciarse.

Se detuvo un momento a descansar, pero de pronto creyó escuchar la voz de los niños que lo llamaban. Había estado tan contento con ellos, que por un momento dudó en regresar, pero luego pensó en Renato, y que tal vez lo necesitaba, entonces volvió a correr más y más lejos.

Esa noche el pobre *Chispas* cayó rendido entre las milpas, se sentía triste y preocupado. Quizá nunca más vería a Renato o a los otros niños, quizá se había quedado solo en aquel lugar desconocido.

El Chispas vio salir la luna llena entre las nubes y no pudo contener su tristeza. De la misma manera que sus ancestros lo habían hecho desde hacía miles de años, emitió un

aullido largo y profundo, como un reclamo a esa roca blanca y redonda, cual un espejo en el cielo.

XI

El espejo en el agua

Cuando Renato y Amanda entraron de regreso a la casa, después de haber visto a los fantasmas, se llevaron una gran sorpresa. La abuelita de Amanda estaba inspeccionando fijamente la cámara de Renato.

—¿Qué es este aparato tuyo, hijo? —le preguntó la abuela a Renato.

—Es una cámara, sirve para tomar fotos, como éstas —dijo y sacó los retratos de sus papás y el Chispas.

La anciana las tomó y estuvo largo rato observando las dos imágenes con mucha atención.

—¡Ah, así que éste es el perrito que se te perdió! —dijo la anciana.

—¡Exacto! se llama *Chispas*, es un perro muy especial, verá, puede nadar, bailar, y ladrar al compás de la música.

Renato iba a comenzar una larga descripción de las habilidades de su perro pero la abuelita de Amanda le dijo de repente:

—Nunca había visto algo así —dijo refiriéndose a las fotos—. Una vez mis padres me hablaron de que los antiguos pobladores de estas tierras pintaban las paredes de sus construcciones y hacían retratos de las personas. Y de verdad eran muy parecidos a ellas, tanto, que si alguien miraba fijamente a una de las figuras, se decía que le daba mal de ojo, caía enferma y hasta podía morir. Pero esos eran dibujos, esta magia yo nunca la hubiera creído. ¡Éstas son personas dentro del papel! ¿No tienes miedo de que se pierdan ahí? A lo mejor es por eso que no encuentras a tu perro —explicó la anciana.

—No, no se crea, yo le he tomado varias placas a mucha gente, a mis papás, a mi perro, a mis amigos y clientes de la trajinera y, que yo sepa, ahí andan, vivitos y coleando. ¡Ojalá que no se enteren de esas historias que usted cuenta, porque si no se me acaba el negocio! —contestó Renato.

—¿Oye, Renato —preguntó Amanda—, nos podrías sacar una foto a mi abue y a mí?

—¡Claro! faltaba más y hasta... gratis les va a salir, porque estas placas yo las compré con mis ahorros, así que puedo tomar lo que yo quiera —repuso Renato.

—¡Ni lo mande Diosito! —dijo la abuela de Amanda—. A mí no me van a encerrar en un papel, quién sabe, a lo mejor mi alma se pierde como la de los espíritus que merodean por aquí. Cuando yo era chica me decían que nunca me asomara al canal antes de que saliera el sol, porque hay un espejo en el agua que atrapa a la gente que se refleja en él. Y si uno se asoma antes del amanecer, *¡zas!* puede ver su cara en el agua, rodeada de la gente que ya ha sido atrapada y perderse para siempre. Ni lo piensen, yo no me dejo tomar nada y tú tampoco deberías, Amandita. ¿O qué, tú no tienes miedo? —le preguntó la abuela.

—¡No, abue, se me hace que eso del espejo en el agua es puro cuento! Si fuera cierto que te pierdes en el papel si te toman una foto, Renato no hubiera retratado a sus papás o al *Chispas* —aseguró Amanda.

—Bueno, tú hazle como quieras, Amanda, pero yo no me atrevo, y como dicen, más sabe el diablo por viejo que por diablo. ¡Ah!, pero antes ven acá para que te dé mi bendición —dijo esto y santiguó a Amanda.

—¡Ya estoy lista, Renato, tú me dices cuándo! —anunció Amanda.

Renato ya tenía todo preparado para la foto. Quería que saliera su amiga Amanda en primer plano y detrás, allá en su rincón, la abuela, que estaba tapándose los ojos con las manos, porque según ella así no aparecería en la toma.

¡Click!, sonó la cámara, o más bien, ¡*crac*! Cuando revelara la foto en su casa estaría estupenda.

—¡Listo! —dijo Renato gustoso.

—¿Puedo ver, puedo ver? —preguntó Amanda con ansia.

—Me temo que no, Amanda, porque para imprimirla en el papel necesito algunas cosas que están en mi casa, pero no te preocupes, en cuanto llegue allá la revelo y te la traigo para que la veas —le propuso Renato.

—Bueno, muchas gracias —dijo Amanda bostezando—, creo que yo me voy a dormir.

—Buena idea, yo también —dijo Renato tendiéndose en uno de los catres vacíos.

Esa noche, Renato soñó con la gente atrapada por el espejo en el agua. No era tan malo vivir ahí. También soñó que estaba dentro de una foto, junto con *el Chispas*. Era raro existir en dos dimensiones, pero si estabas con un buen amigo, pensó Renato, era muy divertido.

X

Objetos brillantes

Volvió a amanecer en esa tierra desconocida por *el Chispas*, estaba solo, perdido y no tenía ánimo para moverse. Una vez más no había comido nada, y aunque quizá podría encontrar algo por ahí, estaba demasiado triste para intentarlo.

Ligeras gotas de lluvia le cayeron encima y entonces pensó que debía encontrar refugio seguro. A duras penas se levantó del suelo y alzó la vista para inspeccionar el terreno. A lo lejos distinguió un cerro no muy alto rodeado de sembradíos. Se le ocurrió que ése era un buen lugar para buscar comida y refugio. No lo pensó dos veces e inició pesadamente la marcha hacia aquel lugar.

Iba más o menos a la mitad del camino cuando, claramente, percibió un olor a comida. Por una feliz coincidencia, el aroma provenía del cerro. Esto motivó al *Chispas* para llegar ahí antes de lo previsto, su paso se aligeró, y sin darse cuenta, de pronto estaba corriendo veloz por el campo.

Con cada paso que daba en dirección del cerro, el olor se hacía más penetrante y pudo distinguir varios ingredientes que se dibujaron en su cabeza: carne de cerdo, papas, zanahorias, elotes, ejotes y nopales: ¡qué festín!

El Chispas se saboreó de antemano, era seguro que iba en la dirección correcta y pronto esa rica comida estaría en su estómago.

Ya casi había llegado al cerro, cuando súbitamente sintió que debía ir con más cuidado. "Quizá la comida podría atraer a otras personas", pensó. Era mejor ser cauteloso. Se dejó guiar por el olor que parecía rodear al pequeño monte, y para su sorpresa se dio cuenta de que había una entrada en una de las paredes del cerro que a todas luces llevaba a una cueva. Era ahí donde debía entrar, a ese oscuro sitio. Por un momento dudó y estuvo a punto de flaquear, pero el hambre fue más fuerte que su miedo y

tímidamente avanzó hacia el interior. Una pata primero, luego la otra y la cola entre las patas en señal de sumisión.

Una vez dentro, dejó que su nariz lo llevara hasta la comida tan ansiada. Estaba cada vez más cerca y cuando sacó la lengua para saborear un rico trozo de carne: *¡flash!*

Una luz cegadora iluminó la cueva como en una explosión y mil objetos brillantes se le aparecieron al *Chispas*. Los espíritus guardianes del tesoro lo habían atraído mediante el olor de la comida y ahora le habían revelado el secreto de la cueva: ahí estaba el tesoro tan brillante como el sol, aunque claro, *el Chispas* no se quedó a averiguar más, sino que huyó veloz como un rayo y en dos segundos estaba fuera del cerro, alejándose tan rápido como sus cuatro patas podían correr. Pero no llegó muy lejos, porque cuando menos se lo esperaba, escuchó una voz muy conocida que lo hizo retroceder.

XII

¡Por fin!

Por su parte, muy temprano en la mañana, Renato y Amanda salieron a buscar al *Chispas* y claro, también el tesoro. Renato decidió llevar consigo la cámara y las dos últimas placas que le quedaban.

Para llegar hasta las milpas más lejanas había que cruzar el canal, y como todavía no amanecía, Renato pensó en aquello de la gente que se asoma en el espejo del agua y estuvo a punto de regresar al pueblo para esperar a que saliera el sol. Por suerte, Amanda era más decidida y sólo le bastó un ratito para convencer a Renato de que debían seguir su camino.

—¡Bueno, está bien, pero yo voy a remar con los ojos cerrados! —advirtió el niño.

—Como quieras, al cabo yo te puedo guiar —le contestó Amanda.

Cuando por fin llegaron a los sembradíos más apartados del pueblo, estuvieron un rato observando en todas direcciones para decidir qué camino seguir. Si caminaban para adelante, había varias milpas sembradas con plantas de maíz que llegaban tan alto que sería difícil pasar por ahí.

Si caminaban por la derecha, había hortalizas de zanahorias, calabazas, apios, y jitomates, así que seguro podían pasar por ahí, pero tendrían que ser muy cuidadosos para no arruinar el cultivo.

Si caminaban a la izquierda había un pequeño cerro, no muy empinado, pero de tierra resbalosa que sería difícil de escalar.

—Yo digo que vayamos por el maizal —dijo Renato—. Para mí que *el Chispas* ha de estar feliz por ahí jugando a las escondidillas.

—No —repuso Amanda—, creo que lo mejor es ir primero al cerro, treparnos, y ya que estemos arriba, a lo mejor podemos ver al *Chispas*, ¿no crees? —sugirió Amanda.

—¿Te crees mucho porque siempre se te ocurren las mejores ideas? —dijo Renato con tono burlón.

—¡Pues lo dirás de chía, pero es de horchata! —le contestó la niña.

—¡Vamos! —dijeron al unísono.

Les costó mucho trabajo subir hasta la cima del cerro y terminaron llenos de lodo, pero ya arriba quedaron maravillados de todo lo que podían ver. A lo lejos, hacia la derecha, se veía un poblado.

—¡Mira! ahí debe estar mi casa —dijo Renato señalando el poblado en la lejanía.

—¡Y ahí está la mía! —dijo Amanda—. Hasta creo que puedo ver a mi abuelita.

—*Ja, ja, ja, ja, ja* —se rieron los dos.

Estuvieron un rato viendo todas las casas, los canales y la siembra, pero no veían ni al *Chispas,* ni rastros del tesoro. Renato se puso un poco triste.

—A lo mejor ya nunca voy a volver a ver al *Chispas* —comentó Renato.

—¡No te desanimes, ya verás que seguro algo pasa y lo encontramos! —trató de confortarlo Amanda—. ¿Por qué no bajamos y ya que estemos ahí, vamos por otro camino?

—Me parece muy bien, voy yo primero —dijo Renato de mejor humor.

No había terminado de decir esto cuando... *¡ZUP!,* se resbaló y cayó rodando por el cerro.

—¡Cuidado! —gritó Amanda desde la cima—. ¡No te muevas, ahorita te alcanzo!

El pobre Renato había caído varios metros hasta quedar tendido junto a una roca muy grande. Estaba ahí tirado y no sabía muy bien qué había pasado, estaba un poco atolondrado. De repente, sintió a alguien muy cerca de su cara, alguien con un aliento muy desagradable ¡y no sólo eso, sino que empezó a lamerle la cara!

—¡*Chispas*! —Renato no cabía de la felicidad—. ¿Dónde estabas, amigo? Llevo mucho tiempo buscándote, yo creía que ya no te iba a volver a ver.

—*Guauuuu, guauuu* —aullaba *el Chispas* de la emoción.

Cuando Amanda llegó a donde estaban, los vio tan felices, que supo de inmediato que ese perro era *el Chispas*. Éste corrió veloz hacia la niña y saltó para que lo acariciara.

—¡Hola, *Chispas*!, ¿dónde andabas? —dijo Amanda.

Y como si entendiera, *el Chispas* dio unos pasitos hacia un lado del cerro y ladró como invitando a Renato y Amanda a que lo siguieran. Ellos avanzaron detrás del perro y cuál sería su sorpresa al ver, en un rincón del cerro, una pequeña entrada, como una cuevita. Entraron ahí, pero no podían ver nada. Entonces Renato recordó que traía unos cerillos, encendió uno y la cueva resplandeció.

—¡El tesoro! —gritaron los niños.

—¿Te imaginas?, esos dos niños habían encontrado el fabuloso tesoro de sus antepasados, aquel que los fantasmas cuidaban con tanto recelo y el que los hombres que excavaban junto al canal estaban buscando.

Era un tesoro espléndido, piezas de metal y de barro, figuritas, vasijas, máscaras y collares de piedras preciosas. Sin duda, tendrían que ser muy cuidadosos para que la gente no viniera a robárselo.

A Renato se le ocurrió una gran idea.

—Le voy a tomar una foto al tesoro, para que así sepamos exactamente todo lo que hay.

—¡Sí, claro, tómale una foto! —exclamó Amanda.

Renato preparó todo con cuidado y encendió una antorcha que fabricaron con ramas secas para que hubiera suficiente luz.

—*¡Click! ¡Crac!* —sonó la cámara.

Ahí estaba la prueba definitiva de que el tesoro existía y de que eran ellos, Renato, Amanda y por supuesto, *el Chispas,* quienes lo habían descubierto.

IX

Un museo secreto

En medio de todas aquellas piezas valiosísimas del tesoro, el Chispas estaba echado sobre la tierra descansando. Después de la agitación del reencuentro, Renato y Amanda estaban ocupados en revisar y contar el tesoro. Debían ser muy cuidadosos para no romper nada.

—¿Qué crees que sea mejor —le preguntó Amanda a Renato—, hacer el museo aquí o en mi casa?

—¿Crees que en tu casa quepa todo esto? —dijo Renato incrédulo.

—Sí, porque hay dos cuartos y en cada uno pueden caber muchos objetos —repuso Amanda.

—¿Y entonces dónde vivirían ustedes? —inquirió Renato.

Amanda se quedó pensando un rato y luego dijo:

—¡Ya sé! Podemos llevarlo todo a un salón de la escuela, al fin y al cabo se puede estudiar afuera y así nadie creería que en la escuela hay un museo.

—*¡Ajá!* Sería un museo secreto. *¡Ja!* —dijo Renato entusiasmado.

Una vez que estuvieron de acuerdo, Renato y Amanda se dispusieron a mover las cosas. No sería una tarea fácil porque era un camino muy largo y sólo podían cargar una o dos piezas cada uno, a la vez.

—Así nunca vamos a acabar —dijo Renato resoplando.

—Tienes razón, ¿pero qué podemos hacer? —preguntó la niña.

Se pusieron a pensar un momento y al final decidieron que lo mejor sería llenar la trajinera con todo lo que cupiera, y remar por el canal hasta llegar a la entrada del pueblo. Después uno de los dos se tendría que quedar en la embarcación para cuidar las cosas y el otro llevaría las piezas a la escuela.

Así que empezaron a transportar las cosas de la cueva a la barquita, y cuando estuvo suficientemente llena, salieron los tres con rumbo al embarcadero del pueblo.

Y realmente fue la mejor idea que se les pudo haber ocurrido, sobre todo después de descubrir que *el Chispas* también podía cooperar. Le amarraron dos canastas a los lados con unos rebozos ¡y más que un perro, parecía un burro enano con carga!

—Ven, *Chispas*, hay que llevar más cosas a la escuela y esta vez no quiero que te me pierdas por ahí ni un segundo —le ordenó Renato.

Ya en la tarde, después de cinco vueltas en la trajinera, estaban exhaustos, y con hambre. Entonces decidieron ir a la casa de Amanda para comer y recuperar fuerzas.

La abuela estaba dormida en su cama pero se despertó en cuanto llegaron los niños y, cuando vio al perro lo llamó y acarició durante un buen rato. Como *el Chispas* era un perro amigable, estuvo muy a gusto con la abuela.

—¡Ya viste, hijo, te dije que solito volvía! —declaró la abuela.

—Sí, tenía razón, quién sabe de dónde salió y dónde estuvo tanto tiempo —le contestó Renato.

—Oye, Renato —dijo la abuela sobresaltada—, tienes un gran chipote en la cabeza, ¿qué te pasó?

—¡Uy, abuela, es una larga historia! —dijo Amanda—. ¡Lo más importante es que gracias a ese chipote hemos hecho el descubrimiento más sorprendente que te puedas imaginar!

Cuando Renato y Amanda le dijeron a la abuela sobre el tesoro, ésta no cabía en sí de la emoción, es más, quiso que la llevaran en ese momento a ver el *museo secreto.*

—Sí, abue, claro que sí, pero si no te importa, antes de ir vamos a comer algo, porque nos morimos de hambre —sugirió Amanda.

Después de comer fueron juntos al museo secreto y la abuela, que nunca había dado ni un paso desde que Renato la viera por primera vez, de pronto no pudo dejar de bailar.

—*¡Ajúa! ¡Épale!* —gritaba la abuela.

XV

Hasta pronto

Sí, por triste que fuera, había llegado el momento de partir. Hacía varios días que Renato no estaba en su casa, sus padres pensarían que algo malo le había ocurrido; seguro estaban muy preocupados.

—Ojalá pudieras quedarte para ayudarnos con el museo —le dijo Amanda a Renato.

—Sí, a mí también me gustaría quedarme un poco más; pero debo regresar con mis padres. También me esperan mis amigos, mis clientes y don Eful —le contestó el niño.

—¿Quién es don Eful? —preguntó Amanda.

—Don Eful es mi amigo, un señor que conocí un día en un embarcadero. Cuando lo vi por primera vez me cayó muy bien porque estaba distraído tratando de pescar una trajinera y nadie le hacía caso —explicó Renato—. Además, llevaba un traje muy chistoso, un sombrero de bolita ¡y para colmo tenía un zapato café y otro negro! Yo pensé que estaría bien pasear a ese señor porque seguro estaba medio loquito. Entonces le chiflé y le hice señas para que viniera hasta la trajinera. El pobre tuvo que saltar de una a otra y su traje cada vez quedaba más salpicado hasta que quedó hecho una sopa.

—¿Y cómo se hizo tu amigo?

—¡Ah, pues porque le caí muy bien!, porque desde esa vez lo hice reír mucho haciendo caras y cantando canciones, además yo lo paseaba por los mejores canales de Xochimilco. Después de ese día, ahí estaba siempre don Eful. Cada semana, sin falta, iba a pasear a los canales, y claro, siempre esperaba que yo llevara mi trajinera.

—¿Tú crees que todavía te esté esperando?

—¡Por supuesto, porque vamos a hacer una película de vaqueros! Por eso he estado tomando las fotos; don Eful me prometió que si aprendía muy bien a hacer fotografías, entonces podría enseñarme a filmar películas, y como a mí me encantan las de vaqueros, pues eso mismo vamos a hacer.

—¿Y qué es una película? —dijo Amanda extrañada.

—¿A poco no sabes qué es una película? ¿Pues en qué mundo vives? ¿A poco nunca has visto a *Tom Mix*, a *Billy the Kid* o a *Buffalo Bill*? —le dijo Renato orgulloso de su gran conocimiento del cine.

—No, ni siquiera sé quiénes son ésos —repuso la niña.

—Pues son los fantásticos vaqueros del viejo oeste. Todos llevan caballos, los buenos llevan caballos blancos y los malos caballos negros, aunque don Eful me explicó que no siempre es así, porque son medio tramposos y les gusta engañar a la gente, por eso algunos, aunque sean malos llevan caballos blancos. Y todos tienen pistolas y son muy hábiles con ellas; pueden hacer varios disparos con una sola mano, así —dijo Renato haciendo una pistola con la mano—, *bang, bang, pum, pum,* y también pueden disparar desde sus caballos, corriendo a gran velocidad para atrapar a sus enemigos. Y también...

—¿Oye y dónde viven esos vaqueros, yo nunca he visto ninguno. Y, ¿tú los has visto? —preguntó Amanda.

—Bueno, así en persona no, pero en las películas ¡uy, sí, he visto muchísimos, imagínate! —exageró Renato.

—Otra vez las películas, ¿qué es eso por fin? —dijo Amanda un poco molesta.

—Mira, son como las fotos, pero se mueven —trató de explicar Renato.

—¡Uy sí, cómo no! —dijo Amanda con burla.

—Imagínate —dijo Renato sacando las fotos de sus padres y del *Chispas*—, que en vez de una sola foto de mis papás, tuviera muchas y en cada una de ellas saliera lo mismo, sólo que ellos aparecerían en distinta posición, y luego yo te enseñara las fotos muy rápido, una después de otra, como cuando barajas un mazo de cartas, ¿entiendes?, entonces parecería que mis papás se estuvieran moviendo.

—¿Entonces el cine son muchas fotos que pasan rápido? —preguntó Amanda.

—*¡Ajá!*, algo así —le dijo Renato.

—¿Y podrías hacer muchas fotos de lo que fuera?

—Sí, de lo que yo quiera, aunque a mí las que más me gustan son las de vaqueros y ahora que regrese, a eso me voy a dedicar.

—Pero entonces nunca vas a regresar

aquí, porque vas a estar muy ocupado tomando fotos —se lamentó Amanda.

—Sí, voy a regresar y es más, voy a conseguir otras placas para poder tomar fotos de todo el tesoro, ¿qué te parece?

—Sí, me gustaría mucho, ojalá puedas regresar pronto —dijo Amanda un poco triste.

Renato se despidió de la abuelita de Amanda, quien estaba tan feliz por el descubrimiento del tesoro, que no dejaba de hablar de eso.

—Gracias a ustedes, mis valientes niños, ya nunca más vendrán los fantasmas, y éste volverá a ser un pueblo feliz. Cuidaremos muy bien estas piezas que desde ahora serán de todo el pueblo, para que las admiremos y aprendamos mucho de ellas —dijo la abuela gozosa—. ¡Que te vaya muy bien, Renato! Amanda y yo te deseamos mucha suerte.

—Tomen, llévense estos tamalitos para el camino —le dijo Amanda a Renato mostrándole un paquete envuelto en hojas de maíz.

—¡Hasta pronto! —dijo Renato desde su trajinera—. Regresaremos en poco tiempo.

—*Auuuu, auuuu, auuuuu* —aulló *el Chispas* para despedirse.

—¡Adiós, adiós! —dijeron Amanda y la abuela desde el embarcadero de su pueblo, despidiendo a Renato y al Chispas.

XI

¿Y ahora cómo regresamos?

Renato se despidió agitando las manos hasta que se alejó tanto en su trajinera, que Amanda y su abuelita se veían chiquitas como dos canicas.

Ya te imaginarás que de la misma manera que Renato no supo cómo llegó al pueblo de Amanda, tampoco sabía cómo regresar al suyo. Lo único que le quedaba claro era que si quería alejarse de ese lugar, debía ir en dirección opuesta, y tal vez, con un poco de suerte, llegaría a un lugar conocido y finalmente regresaría a su casa.

Así que Renato se dispuso a remar con todas sus fuerzas, alejándose cada vez más del pueblo, del tesoro y de sus nuevas amigas. Y otra vez el pobre niño se encontró con varios caminos a elegir, pero ninguno que le recordara a su pueblo natal. Cada vez que tenía que decidir sentía que se perdía más. Pasaron varias horas y la comida que llevaban ya se estaba acabando, no tardarían en tener hambre de nuevo.

De pronto empezó a llover. Al principio cayeron pequeñas gotas que no espantaron a nadie pero luego, una gran tormenta con relámpagos y truenos dejó empapados a Renato y al *Chispas*. Apenas si alcanzaban a resguardarse bajo el reducido techo de la trajinera. Y al igual que un soplido apaga una vela, así parecía que el vendaval había apagado al sol. Todo estaba muy oscuro, el pobre Renato no veía nada a lo lejos y pensó para sí: "Aquí vamos otra vez, *Chispas*, hacia lo desconocido, ahora a ver a dónde llegamos."

Estaban Renato y *el Chispas* cobijados bajo el techo de la trajinera, dejando que la corriente los arrastrara quién sabe a dónde, cuando de pronto sintieron que estaban girando. Primero dieron vueltas muy despacio, pero cada vez giraron más de prisa, hasta que aquello fue realmente increíble, ¡estaban atrapados en un remolino!

Sí, ya sé que te parece muy extraño eso del remolino, pero así fue como sucedió. Por una casualidad del destino, la trajinera de Renato se topó con una rarísima tormenta en plenos canales de Xochimilco, algo tan insólito que nadie más ha vuelto a vivirlo, pero no por eso dejaría yo de creerle a Renato su historia, ¿no crees? —le preguntó Efulvio a Everardo, quien estaba tan ensimismado escuchando la historia del anciano, que tardó largo rato en contestar.

—¿Eh?, ah, sí, digo no, ¿qué me preguntó? —contestó atarantado Everardo.

—Sí, escucha, allá afuera está lloviendo. Imagínate ahora que toda el agua proveniente de un lugar lejano se evaporara de repente y cayera al mismo tiempo sobre otro lugar, sobre un canal como éste, ¿no sería eso suficiente para generar un remolino? Yo creo que sí, aunque no soy un experto, pero eso mismo es lo que yo pienso que le ocurrió a Renato Medina aquella tarde, hace mucho, mucho tiempo.

—¿Y qué pasó después, don Eful? —preguntó intrigado Everardo.

—Ese remolino gigantesco terminó por voltear la trajinera, Renato y *el Chispas* se vieron envueltos por una helada capa de agua y espuma. No sabían dónde estaban y me imagino que los dos ya se daban por muertos. Afortunadamente, de manera no menos extraña, esa misma tormenta que parecía querer arrancarles la vida, los devolvió sanos y salvos a un lugar conocido.

Igual que desaparecieron misteriosamente, aparecieron un día, todos mojados e inconscientes, tirados en la orilla de una milpa no muy lejana de la casa de Renato. Con un brazo Renato agarraba al Chispas y, con el otro, su cámara fotográfica que de milagro estaba intacta.

El primero en verlos ahí tirados fue un tío de Renato que ese día se había levantado temprano para organizar la ronda de búsqueda de su sobrino, porque desde hacía una semana nadie sabía de Renato Medina. La gente se había puesto de acuerdo para buscar día y noche al niño y a su perro.

—¡Ahí está, ya lo vi! ¡Renato! ¡Renato! —gritó desesperado el tío.

Cuando llegaron a donde estaban el niño y el perro, observaron que tenían moretones, pero afortunademente estaban vivos. En cuanto abrió el ojo, Renato buscó al *Chispas*.

—¡*Chispas, Chispas*! —empezó a decir Renato.

—No te preocupes *m'hijo,* los dos están bien, ahora vamos a tu casa, tus papás están en un hilo por la preocupación.

La noticia de que Renato Medina y *el Chispas* habían sido encontrados se propagó rápidamente de casa en casa. ¡Hasta a mí me avisaron! —dijo Efulvio con una sonrisa.

Todo el pueblo estaba al pendiente de la salud de los desaparecidos. Por un buen rato no se habló de otra cosa, lo que también atrajo a muchos turistas metiches.

—Sí, después de toda esa aventura, Renato Medina y *el Chispas* eran los reyes de Xochimilco, te lo puedo asegurar, ¡yo estaba ahí cuando todo eso ocurrió! —dijo Efulvio con certeza.

XII

La prueba

Después de tantas preocupaciones, por fin Renato había aparecido y la gente tenía mucha curiosidad por conocer las aventuras del niño y su perro. Así que en cuanto se recuperó, todo Xochimilco estaba a los pies de su cama esperando que les contara la historia. Todos se empujaban entre sí para poder ver y escuchar a Renato y preguntaban al mismo tiempo:

—¡Renato, hijo, cuéntanos cómo te perdiste!
—¿Dónde andabas, muchacho?
—¿Qué comiste?
—¿Dónde dormiste?

—¿Tuviste mucho miedo?
—¿Nos extrañaste?
—¿Y *el Chispas*?

Así estuvieron mucho tiempo hasta que el pobre Renato se hartó y les gritó muy serio:

—¡Silencio! Ahora tienen que quedarse todos muy calladitos porque les voy a contar lo que me pasó.

Como si hubiera caído un tremendo rayo, todos se quedaron mudos y abrieron bien los ojos, listos para presenciar algo increíble. Todos miraban fijamente a Renato, quien se paró en su cama y extendió un brazo.

—¿Ven este aparato? —dijo señalando la cámara— pues a esta maquinita le debo toda mi aventura.

—¿Cómo? —preguntó la gente.

—Se acordarán de que mi tío Eulalio me consiguió hace poco una cámara para que retratara a los turistas.

—¡Sí, sí, yo me acuerdo! —dijo alguien.

—¡Y yo también! —añadió otro.

—Bueno, pues a mí me gustó tanto eso de tomar fotos, que no sólo le tomé a los clientes, sino que empecé a retratar a mi familia...

—¡Sí, a mí me tomó una foto! —aseguró un hombre.

—¡Y a mí otra! —dijo alguien más.

—También retraté al *Chispas*, las casas, los canales, las chinampas y las trajineras. Quería tomar fotos de cualquier cosa, por eso se me ocurrió ir a los canales que llevan a Chalco, a ver qué encontraba...

—¿Y qué viste?

—¿Cómo llegaste hasta allá?

—¿Eso está muy lejos de aquí?

—Sí —respondió Renato— está muy lejos, sobre todo porque yo no sabía que se podía llegar hasta Chalco por estos canales, por eso me di cuenta de que llevaba muchas horas por ahí tomando fotos. Remé mucho tiempo y pasé por varios caminos, milpas y casas, hasta que de repente ya no sabía dónde estaba.

—¡Ay, pobre! —dijo una mujer.

—Sí, estaba muy desorientado, y lo peor es que el cielo empezó a oscurecerse y después ya no supe por dónde ir y no había nadie a quién preguntarle.

—¿Y entonces qué ocurrió? —dijo la gente.

—Bueno, como no podía ver nada ni sabía donde estaba, decidí que lo mejor era esperar a que amaneciera para regresar. Sí —presumió Renato exagerando sus gestos—, fui muy valiente, abracé al *Chispas* y nos dormimos.

—¿Y luego?

—¡Oh, pero eso no fue lo peor! —aseguró Renato, feliz de tener a todo el mundo con la boca abierta. ¡Esa noche vi por primera vez a los espíritus que cuidaban el tesoro!

—¡Fantasmas!, ¿tesoro?, ¿qué dices, Renato?

—¡Santa María, Virgen Santa!

—¡Diosito nos libre! —dijo alguien persignándose.

—¿Cuál tesoro? —gritaban todos al unísono.

—¡Esperen, esperen, allá voy! —dijo Renato más calmado—. Primero lo primero: Después de una noche llena de peligros y espantos en la que escuché mucho ruido, vi gente huyendo en el borde del canal. Familias enteras corrían de un lado al otro, se abrazaban y al final se fueron de ahí en varias trajineras. Así pasó toda esa noche, mientras, yo me escondí en mi propia barca y me quedé dormido. Cuando desperté pude ver un pueblo que me era desconocido, parecía estar abandonado, ni un alma se paseaba por ese lugar. Pero imagínense, justo cuando estaba a punto de regresar como pudiera, me di cuenta de algo terrible.

—¿Qué?, dinos —gritó la gente.

—¡*El Chispas* había desaparecido! —dijo Renato con una gran expresión de asombro.

—¿Dónde estaba? ¿Cómo lo encontraste?

¿Qué hizo el Chispas? —preguntaron todos.

—Ni siquiera ahora sé lo que hizo *el Chispas* cuando se perdió —contestó Renato— ni me lo quiero imaginar, quién sabe cuánto habrá sufrido el pobrecito —dijo acariciando al *Chispas*, que estaba feliz, echado en la cama a los pies de Renato.

—¿Entonces qué hiciste?

—Pues bajé al pueblo a buscar al *Chispas*, pero no crean que fue tan fácil, tardé mucho en encontrarlo. En cambio, lo que encontré fue a una niña llamada Amanda —aseguró Renato.

—¿Y quién era esa niña? ¿También era un fantasma?

—¡No! —dijo el niño—. Amanda vivía en el pueblo pero ella no huyó de ahí porque tenía que cuidar a su abuelita que no podía moverse. Bueno, ella decía eso.

—¿Y el tesoro?

—¡Ah! —exclamó Renato agitando un dedo en el aire—. El tesoro era la causa de que los espíritus ahuyentaran a todo el pueblo.

—¿Cómo?

—Muy fácil, ese tesoro es muy antiguo, la abuelita de Amanda dice que pertenecía a sus antepasados, la gente de antes, como dice ella. Esa gente enterró sus joyas y adornos para que nadie los encontrara, pero un día hace poco, llegaron unos hombres que empezaron a buscarlo, entonces aparecieron los espíritus, ¡y vaya si lograron espantar a los ladrones! Tanto así, que también espantaron a todo el pueblo.

—¿Y a ti no te espantaron?

—¡Sí! Amanda y yo los vimos una vez, pero no nos hicieron nada —aseguró Renato.

—¡¿A poco?! —gritó un hombre.

—De veras, a lo mejor no nos hicieron nada porque Amanda dijo que si encontrábamos el tesoro lo cuidaríamos y haríamos un museo —sugirió Renato.

—¿Un museo en Chalco?, ¿qué idea es ésa? —dijo alguien.

—¿Y encontraron el tesoro? —preguntó un anciano.

—Sí, lo encontramos por casualidad, en realidad estábamos buscando al *Chispas* y fue él quien nos llevó al tesoro —dijo orgullosamente Renato.

—¿Y cómo supo el Chispas dónde estaba el tesoro?

—¡Yo no sé! -dijo con seguridad Renato.

—¿Dices que hicieron un museo con el tesoro?

—¡Claro, eso fue lo que hicimos! —replicó Renato.

—¿Y dónde está, lo podemos visitar? —preguntó una niña.

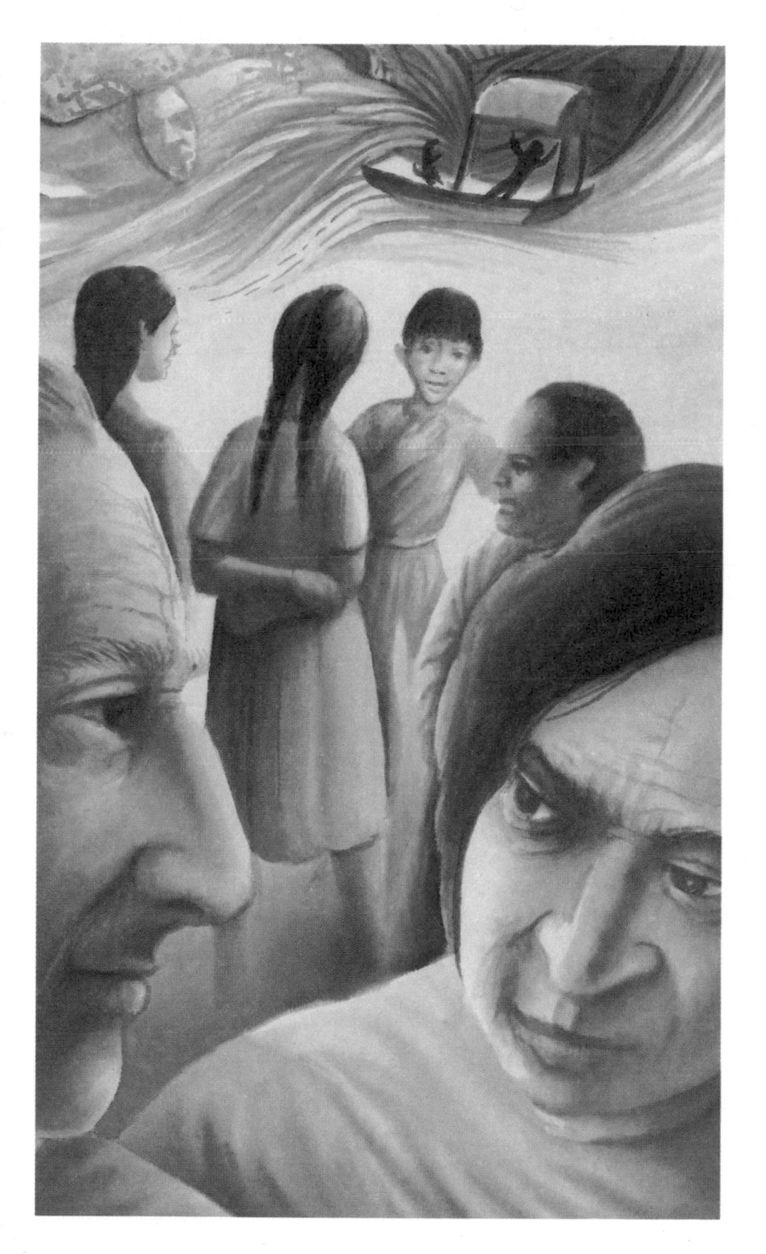

—¡Sí, queremos visitarlo! —gritaron todos.

—No, porque es un museo secreto, sólo para la gente de ese pueblo —respondió Renato.

—¡Ah! No creo eso del tesoro.

—¡No! Ni tampoco lo del museo.

—¿Renato, por qué no nos cuentas la verdad?

—¡Sí, esto es un cuento chino!

—Este niño está un poco chiflado, ¿no creen?

—¡Le ha de haber hecho daño el ajetreo!

La gente empezó a irse de pronto.

—¡*Hey*, esperen! —gritó desde su cama. ¡Tengo la prueba de lo que les digo!

—¿Cuál prueba, Renato? —dijo alguien fastidiado. ¿Una máscara prehispánica?

—*¡Ja, ja, ja, ja, ja, ja, ja!* —se carcajearon los ahí reunidos.

—¡No, las fotos que tomé! —dijo Renato alzando la cámara con la mano.

XVIII

Ni hablar

Al día siguiente, lo primero que hizo Renato fue revelar sus fotos. Sólo había tomado seis placas, así que no tardó mucho en llevarse una sorpresa.

—¡Nada! —exclamó Renato incrédulo.

—¿Nada? —le preguntó Everardo a Efulvio. ¿A poco no salió nada en las fotos?

—¿Puedes creerlo? —le dijo el anciano a Everardo—. Ni un solo punto de luz. ¡Nada! Y pensar que Renato había salido de su casa para tomar fotos...

El pobre Renato estaba tan desconcertado que no atinaba a decir algo. No se explicaba qué podía haber pasado, él había seguido los mismos pasos de siempre, había guardado muy bien las placas en una bolsa impermeable. No entendía, lo que se dice nada.

En una de las fotografías se veía todo negro, en otra se alcanzaban a ver algunas bandas de colores oscuros indefinidos, en otras tres todo estaba blanco, y en la única que se alcanzaba a percibir algo, aunque con muy poca claridad, aparecía *el Chispas* en la oscuridad. Pero ni un rastro del pueblo, de Amanda o el tesoro.

Todo el mundo le pedía explicaciones a Renato y éste no pudo contestar más. Ya les había dicho todo lo que había ocurrido, si no le creían, allá ellos.

—Lo importante es que ya regresaste, ahora ponte a trabajar para pagar la trajinera —le decía la gente.

Pasaron los días y pronto se fue olvidando la historia de Renato. Algunos creían que sí había un tesoro por allí y que sería bueno ir a buscarlo, pero otros pensaban que era sólo un cuento que había inventado Renato y que no debían hacerle caso.

Así que todo volvió a ser como antes para Renato Medina y para *el Chispas*.

Ah, pero aquel muchacho siguió persiguiendo su sueño de hacer películas, tomaba fotos y más fotos. Algunas veces intentó regresar al pueblo de Amanda, pero nunca encontró el camino y por más que preguntó, nadie supo decirle nada.

—¿Y usted creyó en su historia? —le preguntó Everardo a Efulvio.

—*¡Ja!* ¿Que si creí en su historia? —dijo el anciano—. ¡Vaya que creí y aún creo en ella!

Don Efulvio continuó con un dejo de tristeza:

—El día que volví a ver a Renato él se puso feliz de inmediato. Lo primero que me dijo fue que no iba a creer lo que le había pasado y luego, atropelladamente, me narró su aventura completa, tal y como yo te la he contado a ti. Al principio tuve mis dudas, no te creas, pero después me di cuenta de que Renato no podía haber inventado todo eso, porque si le pedías que te describiera las piezas del tesoro, era capaz de hacerlo con todo detalle; es más, hizo varios dibujos que yo mostré a algunos amigos míos que sin dudarlo dijeron que podían ser auténticos.

Y en tono enérgico, terminó el anciano:

—Así que yo le creí y no sólo eso sino que a partir de entonces Renato y yo nos embarcamos en otra gran aventura, la más grande de mi vida.

XIX

¡De película!

A Renato Medina poco le faltó para desmayarse de la emoción cuando le dije que íbamos a hacer una película de su aventura. Primero se desvaneció un poco, luego tuvo un ataque de estornudos y después se puso tan nervioso que no podía hablar. Se quedó mudo por un largo rato y aunque sus gestos decían muchas cosas, el pobre no era capaz de articular ni una sola palabra.

Cuando por fin pudo decir algo, lo primero fue:

—¿Y va a haber vaqueros?

—¿Cómo crees que va a haber vaqueros, Renato? le dije—. A ver dime tú, cuando te perdiste en ese pueblo, ¿viste algún vaquero?

—No —dijo Renato rascándose la cabeza.

—¡Entonces cómo quieres que metamos vaqueros a la película! —le dije asombrado.

—Bueno, yo no vi vaqueros, pero, ¿a poco no podríamos meter a uno que otro en el pueblo? —preguntó inquieto como de costumbre.

—¡Ay, Renato, qué voy a hacer contigo!, ¡de por sí la historia está bastante difícil de filmar y tú me pides que meta vaqueros! —le contesté.

—¡Sólo uno, pues! —dijo como si estuviera haciendo un gran sacrificio.

—¡Ya veremos, Renato, ya veremos! —le dije con seriedad—. Primero hay que hacer el guión.

—Me tomó algún tiempo escribir el guión de la película porque tuve que cambiarle alguna cosillas a la historia de Renato, unos detalles sin importancia que podían dificultar la filmación. Pero lo más importante fue que como quise darle gusto, tuve que ingeniármelas para meter un vaquero en la película ¡con todo y caballo! —le dijo el anciano a Everardo.

—¿Y cómo le hizo para meter al vaquero? —preguntó Everardo.

—¡Ah, ésa es una buena pregunta! —le contestó Efulvio. Lo incluí como parte de la banda de fantasmas que asustaba a la gente. Imagínate qué buena idea, ¿quién ha oído hablar de un vaquero fantasma? Me gustó tanto ese personaje, que después hice dos películas para él solo. Por cierto, en las dos me ayudó Renato.

El chiste es que cuando aquel chamaco supo que sí iba a haber un vaquero en la historia, se puso tan contento que quiso actuar él mismo como vaquero.

—No, mi querido Renato, me temo que no vas a poder ser tú el vaquero fantasma, imagínate nomás, así de flacucho y chiquito, quién lo creería —le dije.

—Ándele, don Eful, le prometo que seré el mejor vaquero fantasma de todas las películas, ándele, ándele —me rogó con insistencia.

—Y bueno, como ya andábamos en eso de las complacencias, imagínate, tuve que meter otro personaje extra en la película. ¡Nada menos que al ayudante del vaquero fantasma! —dijo Efulvio riéndose a carcajada suelta.

—*Ja, ja, ja, ja,* —rió el anciano—. ¡No sólo inventé a un vaquero fantasma, para colmo le hice un acompañante chaparrón! *Ja, ja, ja, ja.*

A Everardo también le dio mucha risa.

—Oiga, don Eful, ¿cómo le hizo para filmarlos como fantasmas?

—¡Ah, eso fue lo mejor! Durante toda la película el famoso vaquero y su ayudante tuvieron que aparecer con la cara y el cuello cubiertos de talco y harina. Era divertidísimo verlos por ahí rondar las locaciones como almas en pena. Sobre todo a Renato al que el talco hacía ver como un espectro muy chistoso que por supuesto no daba ni una pizca de miedo —aclaró Efulvio.

—Oiga, explíqueme una cosa, si Renato era el ayudante del vaquero fantasma, ¿quién actuaba de Renato? —preguntó Everardo.

—Ése fue un gran problema, hicimos pruebas con muchos niños actores, pero ninguno igualaba la simpatía y el físico de Renato. Al final nos quedamos con un niño gordito que se pasaba el día comiendo dulces. Era un buen actor, aunque no se parecía en nada al verdadero Renato —comentó Efulvio.

—¿Y Amanda y su abuela? —preguntó Everardo.

—Renato quería encontrarlas a como diera lugar, pero por desgracia, por más que buscamos nunca dimos ni con el pueblo, ni con ellas —lamentó Efulvio.

—¿Oiga, Renato aprendió a hacer películas con usted tomando fotos? —inquirió Everardo.

—Sí, aunque no lo creas le sirvió mucho tomar fotos, y además era un chico muy listo, siempre avispado, siempre atento a cualquier cosa nueva. También era un buen actor, yo le auguraba una brillante carrera —dijo Efulvio soltando un suspiro.

—Y entonces, ¿qué pasó después con Renato Medina? —preguntó Everardo intrigado.

—Eso mismo me pregunto yo —contestó don Eful encogiéndose de hombros.

—¿Cómo?, ¿perdió de vista a Renato después de la película? —preguntó Everardo.

—A veces así es la vida, después de esa película, llamada *La guardia fantasmagórica,* que tuvo mucho éxito, hicimos unas seis más juntos, y luego nuestros caminos se separaron. Yo me fui de México a estudiar con algunos directores famosos en Europa y Estados Unidos, me casé, tuve tres hijos y cuando regresé, Renato había desaparecido por segunda vez —dijo Efulvio apenado—. No sé si siguió trabajando en el cine; durante años lo busqué sin ningún éxito. Por eso vine aquí, a ver si alguien sabía de él, pero ya ves, todo el mundo dice que es un mito, una leyenda.

—Sí, eso dice la gente, ¿qué raro, no don Eful? Porque todos hemos oído hablar de él, pero ni siquiera sabíamos qué había hecho o por qué era famoso —dijo Everardo.

—A veces me imagino que Renato pudo haber venido aquí de regreso y se afanó tanto en buscar aquel pueblito del tesoro, que finalmente lo encontró y se quedó ahí feliz, con el Chispas y Amanda. Eso creo yo, y me lo imagino claramente, tomando fotos por aquí y por allá —concluyó Efulvio con una sonrisa.

¡Click! ¡Crac! ¡Click! ¡Crac!

Epílogo

Donde todas las historias dan lugar a otras

—Bueno, Everardo, es hora de que me vaya, ya se me hizo muy tarde, tal vez demasiado tarde —dijo Efulvio, levantándose penosamente de su silla.

—Espere aquí, don Eful, voy a preparar la trajinera para llevarlo al embarcadero, ahora vengo —dijo Everardo al tiempo que se disponía a salir por la parte trasera de su casa.

—No, muchas gracias, Everardo; creo que debes estar muy cansado además, ya te debo mucho dinero, ¿no? —alcanzó a decir Efulvio con una risita traviesa.

—¿Entonces le consigo un taxi, señor? —le preguntó Everardo a don Efulvio—. Si se va por enfrente, aquí cerca hay una calle, lo acompaño.

—Muy bien, pero antes dime cuánto te debo. Es más, también cóbrame estas horas que estuvimos platicando, el trabajo es sagrado, muchacho —aseguró Efulvio.

—Está bien, digamos que me debe unos doscientos, ¿le parece? —preguntó tímidamente el muchacho.

—¡Claro que sí, hasta te estás viendo baratero! —dijo Efulvio y le extendió unos billetes—. Toma.

Everardo salió a acompañar a Efulvio hasta la calle, y en el camino, no pudo evitar la pregunta:

—Oiga, don Eful, dígame, ¿piensa seguir buscando a Renato?

—¡Hasta el día que me muera, si es preciso! —aseguró Efulvio—. ¿Y sabes por qué no me he rendido, muchacho?

—¿Por qué? —dijo el joven intrigado.

—Pues porque Renato Medina está vivito y coleando en algún lugar secreto, quizá tan secreto como el museo que hizo junto con Amanda —precisó Efulvio.

—¿Por qué dice eso, don Efulvio? —volvió a preguntar Everardo.

—¿Sabrás guardar un secreto? —le preguntó Efulvio al muchacho guiñándole un ojo.

—¡Seré como una tumba, señor, lo prometo!

Efulvio abrió su saco y buscó algo en un bolsillo interior, sacó un sobre que parecía una carta, la abrió y se la mostró a Everardo:

¡Era una foto! En ella aparecían Renato, Amanda y varios perritos que se parecían mucho al *Chispas*, y detrás de ellos estaba el tesoro, reluciente y brillante, muy bien cuidado. En la foto, Renato y Amanda aparecían ya más grandes, quién sabe, tendrían unos sesenta años, más o menos.

Y la foto tenía una nota atrás que decía:

Marzo de 1999

Don Eful:
Con todo mi cariño, para el mejor amigo que he tenido siempre.
Para quien me hizo vivir una aventura ¡de película!

Renato Medina